Analyse de l'œuvre

Par Benjamin Taylor

La Taupe

John le Carré

lePetitLittéraire.fr

Analyse de l'œuvre

Par Benjamin Taylor

La Taupe

John le Carré

Rendez-vous sur lepetitlitteraire.fr et découvrez :

Plus de 1200 analyses
Claires et synthétiques
Téléchargeables en 30 secondes
À imprimer chez soi

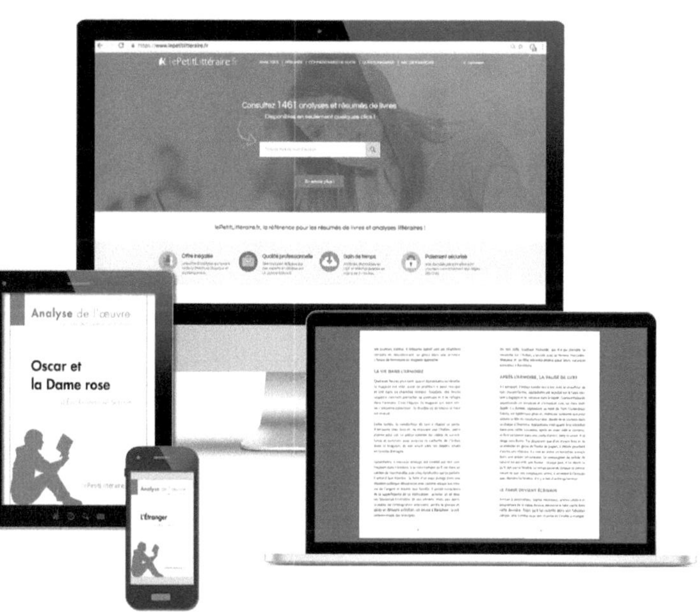

JOHN LE CARRÉ

ROMANCIER ANGLAIS

- **Né à Dorset (Angleterre) en 1931.**
- **Travaux notables :**
  - *L'espion qui venait du froid* (1963), roman
  - *The Night Manager* (1993), roman
  - *The Constant Gardener* (2001), roman

John le Carré, né dans le Dorset, en Angleterre, en 1931 sous le nom de David Cornwell, est un auteur de romans et de nouvelles d'espionnage de renommée internationale. Après des études à l'université d'Oxford et une brève carrière d'enseignant, le Carré est employé par le service des affaires étrangères britannique à Berlin-Ouest, où il apprend de nombreux détails sur l'espionnage et les relations internationales que l'on retrouve dans ses œuvres. Tout en travaillant pour le MI5 et le MI6, le Carré commence à écrire et lance sa carrière de romancier qui s'étendra sur plus de 50 ans, avec des dizaines de livres dont son premier ouvrage, *L'appel des morts* (1961). Son premier roman à succès est *L'espion qui venait du froid* (1963), qui a été un best-seller international. Ses romans d'espionnage se déroulent souvent pendant la guerre froide et présentent les agents des services de renseignement britanniques sous un jour plus bureaucratique et réaliste, contrairement à l'image traditionnellement glamour des espions dans la fiction populaire. Nombre de ses livres et récits ont été adaptés avec succès au cinéma et à la télévision, et il est aujourd'hui l'un des romanciers anglais les plus respectés et les plus célèbres de l'après-guerre.

LA TAUPE

ESPIONNER LES ESPIONS

- **Genre :** roman
- **Édition de référence :** Le Carré, J. (2017) *Tinker Tailor Soldier Spy.* Londres : Sceptre.
- **1ère édition :** 1974
- **Thèmes :** guerre, nostalgie, espionnage, Grande-Bretagne, agents doubles, Empire, Union soviétique

Publié en 1974 et se déroulant l'année précédente, *Tinker Tailor Soldier Spy* est le premier d'une trilogie de romans de Le Carré connue sous le nom de *Trilogie Karla*, qui met en scène le personnage de l'espion anglais à la retraite George Smiley et sa némésis, la maître espionne russe Karla. Smiley est un personnage qui apparaît tout au long de l'œuvre de Le Carré, y compris dans son tout premier roman, *L'espion qui venait du froid*. L'intrigue de *Tinker Tailor Soldier Spy*, qui détaille la recherche d'une taupe au sein des services de renseignement britanniques (connus sous le nom fictif de Circus), s'inspire de la vie réelle des agents doubles britanniques pendant la Seconde Guerre mondiale et les premiers stades de la guerre froide, les Cambridge Five (appelés ainsi parce qu'ils avaient été recrutés à l'université de Cambridge), qui fournissaient secrètement des informations sensibles à l'Union soviétique. Le roman est très apprécié et acclamé par la critique pour sa description réaliste du monde de l'espionnage, et a été adapté en 2011 en long métrage avec Gary Oldman, Colin Firth et Benedict Cumberbatch.

RÉSUMÉ

SORTIE DE LA RETRAITE

George Smiley, un agent retraité du service de renseignement britannique – connu sous le nom de « Circus » – est contacté par Peter Guillam, un ancien collègue et le chef d'un département appelé « scalphunters », qui s'occupe des assassinats trop voyants pour les agents étrangers. Il raconte à Smiley qu'il existe une rumeur selon laquelle un espion au cœur du Circus, connu sous le nom de Gerald, aurait été placé par Karla, la mystérieuse directrice du Centre de Moscou. Cette information a été découverte par Ricki Tarr, un agent en disgrâce qui est tombé sur un transfuge soviétique. Smiley et l'ancien chef du Circus, Control, ont été contraints de se retirer de leurs fonctions après une mission désastreuse en Tchécoslovaquie au cours de laquelle Jim Prideaux, alors agent, a été abattu et capturé par les Soviétiques. Cette mission, dont le nom de code était Opération Testify, avait également fait suite aux soupçons de Control concernant l'existence d'une taupe au sein du Circus. Smiley choisit d'affronter le passé et accepte d'aider Guillam à découvrir l'identité de la taupe.

Smiley retourne à Oxford, où il a fait ses études, et parle à Camilla, une ancienne chercheuse du Circus, de Polyakov, un diplomate soviétique travaillant à Londres qu'elle soupçonnait fortement d'espionnage dans les années 60, mais que le nouveau chef du Circus, Percy Alleline, lui a finalement demandé de ne pas enquêter. Polyakov a été formé par Karla, et Smiley soupçonne qu'il ait des liens avec la taupe du Circus.

ENQUÊTES

Smiley fait de l'hôtel Islay, à Sussex Gardens, sa base d'opérations, obtenant de Guillam qu'il vole et dépose des informations à son intention dans le cadre de ses enquêtes. Il lui demande notamment de lui fournir des renseignements sur l'opération Witchcraft, une opération de collecte de renseignements très médiatisée organisée par Alleline (qui, à l'époque, gravissait les échelons), provenant d'une source appelée « Merlin », ainsi que toute information sur Prideaux et les circonstances de l'opération Testify. Smiley lit le ressentiment de Control envers Alleline, un carriériste et un homme indigne de confiance qui a fini par le remplacer à la tête du Circus. Il décrit en détail la nature suspicieusement précieuse des rapports qu'Alleline produisait par l'intermédiaire de son contact « Merlin » et comment l'importance de ces rapports semblait rehausser le profil d'Alleline au sein du Circus, laissant de côté Control, qui se méfiait de plus en plus d'Alleline et de ses collègues.

Finalement, l'opération Witchcraft est confiée à un comité spécial, composé d'Alleline et de trois autres personnes : Roy Bland, Toby Esterhase et Bill Haydon – qui est le cousin de la femme de Smiley avec qui elle a eu une liaison. Smiley décrit la lente déposition de Control à la tête du Circus, et la nature suspecte de Witchcraft et Merlin. Il découvre qu'après la mort de Control, les rapports concernant Merlin ont changé de façon spectaculaire – le plus important étant qu'on lui a donné une maison à Londres pour travailler. Juste après avoir fait cette découverte, Smiley reçoit un appel téléphonique d'un Guillam inquiet. Les dossiers sur l'opération Testify ont été plus difficiles à obtenir, et Guillam doit voler les dossiers dans les archives du Circus, ce qui est une tâche incroyablement dangereuse. Il est sur le point de réussir quand Esterhase le coince et lui dit qu'Alleline a besoin de son aide pour quelque chose.

UN DANGER CROISSANT

Alleline interroge Guillam sur Ricki Tarr, qu'il qualifie de transfuge – et qu'il est illégal pour Guillam de contacter. Guillam prétend faussement ne pas lui avoir parlé et est autorisé à partir. Smiley et lui interrogent Tarr et découvrent qu'il a omis de leur dire qu'il a fait en sorte que sa femme et ses enfants se rendent en Angleterre, prévenant ainsi le Circus de sa présence. Ensuite, ils se rendent dans un restaurant et Smiley raconte à Guillam la fois où il a rencontré Karla et a tenté de la piéger. Plus tard dans la nuit, alors qu'il effectue des recherches, Smiley réalise que Polyakov est un émissaire entre la taupe, Gerald et la source Merlin, qui transmet des « secrets » soviétiques inutiles sous forme de rapports aux Britanniques, et fournit aux Soviétiques de précieuses informations britanniques – utilisant la propriété de Londres comme une maison sûre.

Smiley rend visite à Sam, bookmaker et responsable de service au Circus la nuit où Jim Prideaux a été abattu, pour compléter les détails qui, selon lui, ont été retirés du dossier de l'opération Testify. Il apprend qu'Alleline est arrivé peu après l'annonce de la mission ratée pour prendre les rênes, et que Bill Haydon était suspicieusement au courant de la mission, mais pas du fait qu'un agent avait été tué. Smiley poursuit son enquête en interrogeant Max, qui était le garde du corps de Jim Prideaux en Tchécoslovaquie pendant l'opération Testify. Il lit des articles sur Prideaux et Bill Haydon, qui étaient amis à l'université avant la guerre et dont la relation, semble-t-il, a parfois dépassé la simple amitié. Enfin, il va voir un vieil ami, Jerry Westerby, qui raconte à Smiley qu'il a entendu une histoire sur l'opération Testify, selon laquelle les Soviétiques savaient tout de l'opération avant même qu'elle n'ait lieu.

Smiley va voir Jim Prideaux à l'école de garçons où il travaille. Jim est irritable, hanté par son passé et semble avoir été abandonné par le Circus depuis l'opération Testify. Jim révèle que la véritable raison de l'opération Testify était la tentative de Contrôle de trouver le nom de la taupe au sein du Circus. La mission était un piège car les Tchèques savaient qu'il venait, et il a été capturé et interrogé. Jim révèle que Karla l'a interrogé à un moment donné et lui a posé des questions sur Smiley. Jim lui a révélé la vraie nature de Testify et a finalement été relâché. Il affirme qu'en rentrant chez lui, après des semaines d'attente, Toby Esterhase est venu le voir et lui a dit de tout oublier.

LA TAUPE A RÉVÉLÉ

Smiley et Guillam vont voir Toby Esterhase et, après lui avoir dit ce qu'ils savent, l'amènent à révéler l'emplacement de la planque londonienne où Polyakov et Gerald se rencontrent pour échanger des informations avec l'Union soviétique. Afin d'attirer l'attention de Gerald, Smiley demande à Ricki Tarr d'envoyer un message codé à Alleline pour lui dire qu'il détient des informations très importantes, ce qui provoquerait une rencontre entre Gerald (qui aurait intercepté le message) et Polyakov. Cela fonctionne, et Bill Haydon arrive à la planque. Il est révélé qu'il est la taupe et qu'il les a trahis. Smiley apprend de Bill qu'il s'est tourné vers les Soviétiques en raison de la diminution de l'influence de la Grande-Bretagne dans le monde et de son aversion pour l'Amérique. Bill est retrouvé mort peu après avoir parlé à Smiley dans la maison où il est emprisonné, mais on ne sait pas qui l'a tué.

ÉTUDE DE CARACTÈRE

GEORGE SMILEY

George Smiley, personnage récurrent des romans de Le Carré, est un ancien agent du Circus, qui fait partie de la « vieille garde » recrutée à l'approche de la Seconde Guerre mondiale (1939-45). Il est contraint de prendre sa retraite après les retombées désastreuses de l'opération Testify. Il est décrit comme « petit, rondouillard et au mieux d'âge moyen, il était par expérience l'un des doux de Londres qui n'héritent pas de la terre » (p. 20), et « un homme timide, malgré toutes ses vanités, et qui attendait très peu de communication » (p. 229). Il est hanté par le passé, ses échecs professionnels et personnels, et les ennemis qu'il pense s'être fait sur son chemin. Il consacre alors sa retraite au « métier de l'oubli » (p. 87). C'est pourquoi il hésite, lorsque Guillam lui demande de l'aide, à rouvrir les événements du passé et à faire face à la source de ses ressentiments. En raison de la nature de ses enquêtes, le passé et le présent semblent parfois se confondre pour lui, et il se dit qu'»à un certain moment après tout, chaque homme choisit : ira-t-il de l'avant, reviendra-t-il en arrière » (p. 29). Bien que Smiley doive faire face à son passé au cours de sa mission, le roman suit essentiellement le choix de Smiley en faveur de la première option : régler les vieux soupçons afin de pouvoir tourner la page sur son passé.

Smiley pense souvent à sa femme, Ann, qui est décrite comme « la dernière illusion d'un homme sans illusion » (p. 416) – un élément d'irrationalité encourageant chez un homme presque exclusivement rationnel et pratique. Bien qu'elle lui soit notoirement infidèle et qu'ils soient séparés au cours du livre, il est toujours clairement amoureux d'elle et se souvient souvent d'elle et des erreurs qu'il a commises dans leur relation. Elle représente l'imbrication de sa vie personnelle et professionnelle en raison de la liaison très médiatisée qu'elle entretient avec Bill Haydon (dont on apprendra plus tard qu'il a tout manigancé).

BILL HAYDON

Bill Haydon est de la même génération que George, recruté par le Circus avant la guerre et décrit par Guillam comme « l'un des membres de la génération irrécupérable et déclinante du Circus, à laquelle ses parents et George Smiley appartenaient également » (p. 99). Il est « omniprésent et charmant, peu orthodoxe et occasionnellement scandaleux » (p. 177), cousin et amant d'Ann, la femme de Smiley, et vieil ami d'école de Jim Prideaux, avec qui il est sous-entendu qu'il a eu une relation romantique. Au début du roman, Bill est un haut fonctionnaire du Circus et l'un des architectes de l'opération Witchcraft, avec Alleline, Bland et Esterhase. Les enquêtes de Smiley révèlent qu'il est la taupe qui transmet des informations sensibles directement à l'Union soviétique via le diplomate Polyakov.

Il révèle les raisons de sa trahison à Smiley à la fin du roman. Il a été essentiellement formé aux prétentions de l'Angleterre en tant que puissance mondiale, s'attendant à guider secrètement le façonnement du monde grâce à la position de l'Angleterre. Cependant, il est désillusionné par l'effondrement de l'Empire britannique après la Seconde Guerre mondiale et la montée en puissance de l'Amérique et de l'Union soviétique. Comme Smiley le prétend de ses actions, il était : « un homme ambitieux né pour la grande toile, élevé pour gouverner, diviser et conquérir, dont les visions et les vanités étaient fixées [...] sur le jeu mondial » (p. 394). Haydon est représentatif des notions persistantes et dépassées de l'importance de l'Angleterre dans le monde à l'époque – il se tourne vers l'Union soviétique lorsqu'il réalise que son ambition ne peut être réalisée en travaillant en Grande-Bretagne...

JIM PRIDEAUX

Connu également sous le pseudonyme professionnel de « Jim Ellis », Jim et la précarité de son mode de vie sont les vestiges des retombées de la désastreuse opération Testify. Il a reçu deux balles dans le dos au cours de la mission, puis a été torturé et interrogé par les Soviétiques avant d'être renvoyé en Angleterre. Au cours du roman, il travaille comme professeur remplaçant dans une école préparatoire pour garçons et vit avec la même attitude envers le passé que George Smiley – essayant résolument d'oublier les trahisons et les soupçons anciens et troublés, mais échouant misérablement à le faire. Il a été recruté pour le Circus par Bill Haydon, son vieil ami d'Oxford, et possible amant. Il est décrit comme ayant « une aura de douceur qui l'entourait, une douceur qui n'est possible que chez les grands hommes vus à travers les yeux des garçons » (p. 13). Il est physique, excentrique et résolument patriotique, avec une « anglaisité passionnée [...]

l'Angleterre était son amour ; quand il s'agissait d'elle, personne ne souffrait pour elle » (*ibid.*).

KARLA

Comme Smiley, Karla est un personnage récurrent dans les romans de Le Carré, en tant que chef du Centre de Moscou et faire-valoir de son protagoniste. C'est un personnage mystérieux et souvent invisible dans le roman, dont Smiley ne se souvient qu'une fois, après l'avoir interrogé il y a longtemps sans savoir alors qui il était : « Les légendes étaient faites, et Karla en faisait partie. Même son âge était un mystère [...] Des décennies de sa vie n'étaient pas comptabilisées et ne le seraient probablement jamais » (p. 228). Il est cependant un personnage important de l'arrière-plan de *Tinker Tailor Soldier Spy*, décrit comme un « petit gars nerveux, aux cheveux argentés, aux yeux bruns brillants et aux nombreuses rides [...] coriace, quoi que cela signifie, et sagace dans les limites de son expérience » (p. 235). Il est l'ennemi juré de Smiley et joue le rôle de marionnettiste soviétique dans le roman, avec un vaste réseau d'espions, dont Bill Haydon, dont la trahison est le point central de l'intrigue. Sa relation avec Smiley semble représenter la nature insensée et intransigeante de la guerre froide en tant que conflit. Smiley aborde ce sujet lorsqu'ils parlent de l'Inde pendant un interrogatoire : « Nous avons passé notre vie à chercher les faiblesses des systèmes de l'autre. Je peux voir à travers les valeurs orientales tout comme vous pouvez voir à travers les valeurs occidentales [...] Ne pensez-vous pas qu'il est temps de reconnaître qu'il y a aussi peu de valeur de votre côté que du mien ? ». (p. 243).

ANALYSE

CONTEXTE HISTORIQUE

Tinker Tailor Soldier Spy se déroule en 1973, une période de turbulences importantes dans le monde en termes de relations internationales. Après la Seconde Guerre mondiale, les États-Unis et l'URSS sont devenus les principales puissances et leurs âpres rivalités économiques, politiques et idéologiques ont provoqué la guerre froide, une impasse nucléaire de 30 ans entre les deux superpuissances et leurs divers alliés. En raison de la perspective dévastatrice d'une guerre nucléaire entre les deux, l'agitation était souvent timide ou secrète, avec de vastes réseaux d'espionnage mis en place et exploités dans le monde entier. C'est le monde de *Tinker Tailor Soldier Spy*, un monde de peur, de suspicion et de la menace constante d'une guerre nucléaire annihilante.

Au cœur du conflit entre ces deux nations se trouve l'affrontement systématique fondamental entre l'Occident capitaliste, avec l'Amérique comme figure de proue, et l'Union soviétique communiste. Cette opposition idéologique a fait rage avec zèle dans le monde entier au cours de la première moitié du 20e siècle et a contribué à l'éclatement de la Seconde Guerre mondiale. Après la guerre, après avoir libéré de l'occupation allemande des pays comme la Pologne, la Tchécoslovaquie et la Hongrie en Europe de l'Est, l'Union soviétique a entrepris d'instaurer un régime communiste. Elle se heurte à la résistance idéologique des États-Unis et de nombreuses sociétés capitalistes occidentales s'alignent naturellement sur elle – une division représentée par la division de Berlin en Est et Ouest avec le mur de Berlin. L'URSS passe les décennies suivantes à tenter de maintenir et de consolider son influence en Europe et en Asie. Pendant ce temps, les États-Unis tentent d'endiguer la vague de pensée socialiste, notamment en entrant dans la guerre du Viêt Nam (1964-1975) afin d'empêcher le Nord-Viêt Nam communiste de contrôler son voisin du sud. Roy Bland plaisante sur les différences idéologiques avec Smiley au début du roman : « En tant que bon socialiste, je vais chercher l'argent. En tant que bon capitaliste, je m'en tiens à la révolution, car si vous ne pouvez pas la battre, épiez-la » (p. 174).

LE DÉCLIN DE LA GRANDE-BRETAGNE SUR LA SCÈNE MONDIALE

Après la Seconde Guerre mondiale, la Grande-Bretagne est entrée dans une période de décolonisation progressive, perdant un grand nombre de ses nombreux territoires d'outre-mer, notamment l'Inde (1947), la Birmanie (1948) et toutes ses colonies africaines. Cette situation, ainsi que l'émergence des États-Unis et de l'Union soviétique en tant que superpuissances mondiales, font de la Grande-Bretagne, à l'époque du roman, un pays dont l'influence et la puissance s'estompent, le fantôme de l'Empire britannique étant un rappel constant de la suprématie passée. En effet, une grande partie du roman est consacrée à l'identité changeante et à l'impuissance de la Grande-Bretagne, ce qui est particulièrement visible chez la vieille génération, comme George Smiley et Bill Haydon, qui sont assez âgés pour avoir servi l'Empire britannique à l'apogée de sa puissance : « trained to empire, trained to rule the waves. Tout est parti. Tous emportés » (p. 129). Ils sont des anachronismes, formés pour être les piliers secrets d'un empire qui, en 1973, n'existe plus.

En effet, Bill Haydon, qui est décrit comme « le porte-flambeau d'un certain type de romantisme désuet – une notion de la vocation anglaise » (p. 396), se tourne vers l'Union soviétique à cause de cette même puissance décroissante. Lui, et beaucoup d'autres comme lui, ont été élevés dans l'idée que la Grande-Bretagne était une puissance suprême, mais cette puissance a rapidement disparue. Il cite la crise de Suez (1956), au cours de laquelle le président égyptien Gabel Abdel Nassar a pris le contrôle du canal de Suez – qui était la propriété d'entreprises britanniques et françaises – comme la goutte d'eau qui l'a fait basculer dans la trahison, car elle l'a « finalement persuadé de l'inanité de la situation britannique et de la capacité des Britanniques à piquer l'avancée de l'histoire sans être capables d'offrir quoi que ce soit en termes de contribution » (p. 411). Au milieu de la lutte monumentale de la guerre froide, la Grande-Bretagne de 1973 est un lieu qui réalise l'étendue de son impuissance.

LA PARANOÏA ET LA VIE D'UN ESPION

Avec ce roman qui se déroule au sein et autour du service central de renseignement britannique, le Circus, Le Carré présente un monde de suspicion, de paranoïa et de peur, et montre que la vie d'un espion est une agitation et une inquiétude constantes, loin du glamour et de l'héroïsme des représentations fictionnelles traditionnelles des espions. George Smiley, en particulier, s'inquiète constamment de l'influence de son passé sur son présent et parle de « la peur secrète qui suit chaque professionnel dans sa tombe. À savoir, qu'un jour, dans un passé si complexe que même lui ne peut se souvenir de tous les ennemis qu'il a pu se faire, l'un d'entre eux le retrouvera et demandera des comptes » (p. 30). Dans tout le Circus, la suspicion est omniprésente, et c'est un endroit où même des amis proches semblent incapables de se faire confiance. Le fait qu'il faille s'attendre à la présence d'une taupe au cœur même d'une organisation de renseignement témoigne du secret et de la paranoïa qui régnaient pendant la guerre froide, où tout le monde pouvait être soupçonné : « Nous avons toujours accepté que tôt ou tard, cela arriverait. Nous nous sommes toujours avertis les uns les autres : soyez sur vos gardes. Nous avons transformé suffisamment de membres d'autres formations » (p. 324). Cette atmosphère de paranoïa est exacerbée par la compréhension qu'ont les agents de l'ambivalence morale de leur situation – beaucoup d'entre eux abordent le fait qu'en raison de la complexité des tensions politiques pendant la guerre froide, il n'y a pas de côté moralement bon ou mauvais. Comme le remarque Jim Prideaux à propos de la vie d'un agent : « la survie [...] est une capacité infinie de suspicion » (p. 374).

LE MONDE MODERNE
ET UNE GÉNÉRATION EN DÉCLIN

Parallèlement aux changements sociaux radicaux qui ont forcé la Grande-Bretagne à réévaluer son identité, dans les années qui ont suivi la Seconde Guerre mondiale, les nouvelles technologies ont eu un effet transformateur considérable sur tous les aspects des sociétés du monde entier. Les références à ce nouveau monde étrange sont omniprésentes dans *Tinker Tailor Soldier Spy*, en particulier par la vieille génération de la guerre qui s'éteint et à travers laquelle une grande partie du récit est racontée. Par exemple, George Smiley est souvent irrité et anxieux à propos du monde moderne et est sur le point de quitter la maison et de déménager à la campagne lorsqu'il est contacté par Peter Guillam. La transformation rapide des 25 dernières années est visible même dans les aspects les plus banals de sa vie, comme sa maison : « Lorsqu'il est venu vivre ici pour la première fois, ces cottages géorgiens avaient un charme modeste, avec de jeunes couples qui se débrouillaient avec quinze livres par semaine et un locataire non imposable caché dans le sous-sol. Maintenant, des moustiquaires d'acier protégeaient leurs fenêtres inférieures et pour chaque maison, trois voitures s'entassaient à l'arrière « (p. 29-30). La société décrite dans cette citation est une société qui est clairement moins axée sur la communauté et plus ouvertement consumériste, et la désaffection croissante de Smiley et de ceux de sa génération pour le monde qui les entoure est un thème récurrent du roman.

POURSUITE DE LA RÉFLEXION

QUELQUES QUESTIONS À MÉDITER...

- Comment Le Carré évoque-t-il l'atmosphère de la guerre froide ? Pensez-vous que cette présentation est réaliste ?
- Comment l'œuvre de Le Carré a-t-elle pu être influencée par son travail au sein des services secrets britanniques ? Comment cette connaissance du monde de l'espionnage affecte-t-elle le roman ?
- Comparez George Smiley et ses collègues agents à d'autres espions fictifs de la culture populaire. Comment, par exemple, Smiley se compare-t-il à James Bond ?
- La relation entre George Smiley et sa némésis Karla se retrouve dans plusieurs des livres de Le Carré. Cela ajoute-t-il ou enlève-t-il quelque chose au roman ?
- La Seconde Guerre mondiale a eu un impact majeur sur le monde dans la seconde moitié du XXe siècle. Quels sont les vestiges de la guerre que l'on peut voir dans *Tinker Tailor Soldier Spy* ? A-t-elle eu des effets positifs ?
- Comment le roman se compare-t-il à l'adaptation cinématographique ? Réfléchissez à la manière dont vous pourriez adapter le livre à l'écran ou au théâtre.
- Considérez les attitudes de Le Carré envers la Grande-Bretagne et sa place dans le monde dans le roman. 40 ans après sa publication, comment l'identité de

la Grande-Bretagne a-t-elle changé ou est restée la même dans le contexte des relations internationales? Quels vestiges de la guerre froide pouvons-nous observer autour de nous dans le monde d'aujourd'hui?

AUTRES LECTURES

EDITION DE RÉFÉRENCE

- Le Carré, J. (2017) *Tinker Tailor Soldier Spy.* Londres: Sceptre.

ADAPTATIONS

- *Tinker Tailor Soldier Spy.* (2011) [Film]. Tomas Alfredson. Réalisateur. Royaume-Uni/France: StudioCanal et Working Title Films.

Votre avis nous intéresse !
Laissez un commentaire sur le site de votre librairie en ligne
et partagez vos coups de cœur sur les réseaux sociaux !

lePetitLittéraire.fr

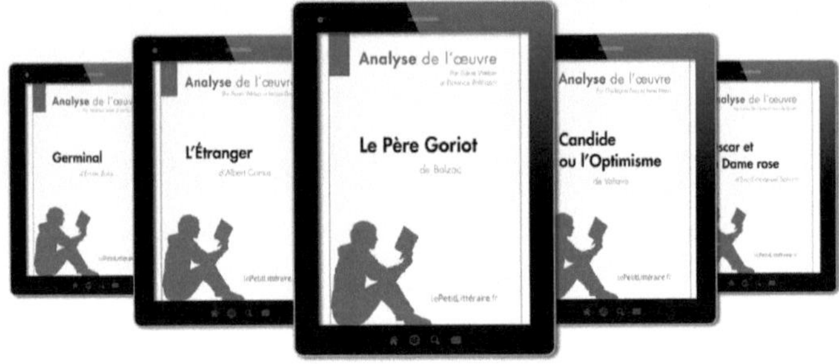

- des analyses de livres
- des fiches de lectures
- des commentaires littéraires
- des questionnaires de lecture
- des résumés

**Retrouvez
notre offre complète sur
lePetitLittéraire.fr**

ISBN version numérique : 9782808684668
ISBN version papier : 9782808685467
Dépôt légal : D/2023/12603/1046

Conception numérique : Primento,
le partenaire numérique des éditeurs.